誰でも小説家になれる本シリーズ　第一弾

誰でも小説家になれる本シリーズ
《第一弾》

もしも世の中に、令和時代からに相応《ふさわ》しい新型小説があるとしたら、、、。

それは、『林田企画』がご紹介致します、『誰でも小説家になれる本シリーズ』だと言っても、過言ではないでしょう。

しかもそれは、他のどんな賞を取るより 最先端に小説家になれる本であり、その内容も、皆さんに夢を与えられる新型文学です。

令和時代は、『誰なれシリーズ』に、いつかは応募し、皆さんで、日本に新しい文化を、築き合いましょう。

林田企画
代表 松井忠弘（林田純）

未練

村瀬　淳

泣きながら手を振って新幹線のホームを駆けている彼女の姿が遠くなる。その姿がいまだに僕の中で思い出という名の未練として反芻する。

僕は彼女のすべての罪を許したのに、彼女の意思は固かった。そんな彼女のかたくなさが、僕の浮遊する心を失楽の園に落とし込んだ。

これから二人が交わることはないだろうけど、もう一度彼女に逢ってこう言いたい。

「愛してる」

と。

♡

ある日僕は女子大の軽音楽部の顧問のバイトに向かうために車を飛ばしていた。女子大の近くの細い道を曲がったところで、急に子猫が飛び出してきて、僕はとっさにブレーキペダルを力いっぱい踏み込んだ。

車を降りると、少女がその子猫を大事そうに抱えていた。少女は名前も告げずに何度も何度もお辞儀をしながらその場を立ち去っていった。

僕はそんな彼女に一目ぼれした。

遠くなる少女の背中をその場で立ちすくんで目を追いかけるしかなかった。

その時は少女と底なしの深い恋に落ちるなんて思いもよらなかった。

恋の始まりというのはいつも突然で、言葉で形容しがたい形で現れるもの。

人を好きになるのに論理的な理由なんてあるはずがない。

雲がけだるそうに溶けている夏の午後だった。

♡

その日の軽音楽部のレッスンでは、僕は少女の後ろ姿に心を奪われていたせいか、上の空で気の入らないものだった。

ここに通い続けていれば、また少女と再会できるのだろうか？

少女はここの大学の学生なのだろうか？

そんなことばかりを考えていた。

二時間のレッスンももう終わるころ、後ろから小さな声が聞こえた。

「遅くなってごめんなさい」

おもむろに振り返ると、そこに少女がいた。

空を向いていたって一円も落ちていない世の中だけど、上を向いて歩いていれば、幸運の女神は必ず投げキッスをしてくれるもの。少女との出会いは、生まれ落ちた瞬間に決まっていた運命。

少女はか細い腕に大きなキーボードを抱えて、そそくさと自分の立ち位置に立って準備をした。そんな少女の姿を見て、僕の体の中の青い液体が逆流した。

高まる鼓動。

抑えきれない衝動。

僥倖としか思えない出来事に、僕は心の中で十字を切った。

西側から差し込む赤い光が少女の頬を染め、少女の肌の薄さを際立たせていた。

♡

少しばかり僕の生い立ちを語ろう。

僕の名前は村上健斗。地元でも有数の家系の正当な後継者として産まれた。

ただ、僕が産まれてきたことにより、父方の兄弟の間で権力争いが起こり、あげく僕が四歳になるころ、父は自殺に見せた形で殺害された。

父の経営していた会社は倒産し、取り付け騒ぎが起こり、僕と母は身ぐるみ剥がれた。母は遊女として売られる寸前まで追い込まれたらしい。背負わなくてもいい黒き十字架を背負い、母は僕の手を引いて修道院に逃れた。そこでの生活はなんとなく記憶の片隅にある。

その後、母は何度も離婚再婚を繰り返し、借金も自力で完済した。父親が変わるたびに転校するものだから、転校当初は当然のようにいじめにあう。僕は腕力では勝てなかったので、勉強でナンバーワンになって力の違いを見せつけて、いじめっ子たちを一蹴した。

中学生の低学年から恋もしていて、少しばかりませていたのかもしれない。ただ人より厳しい環境で育ったせいか、一瞬のチャンスをつかみ取る力は誰よりも強いと思う。もちろん恋のチャンスもね。

♡

言い忘れていた。少女の名前は白石紗香。

レッスンの最後に自己紹介をさせて、さりげなく聞き出した。職権乱用の狡猾な手口。スマホも何もない時代の話だから、それくらい許されるだろう。

僕は自分の大学のバンドサークルの会長も務めていて、自身のバンドも有名だった。そのせいもあって、他の大学の軽音楽部なんかにも顔がきいていた。そのコネクションで紗香が次に出席する飲み会を探り出し、誰よりも早く参加して紗香が現れるのを待った。

会が始まって十分ほど遅れて紗香が現れた。僕は思いをこらえて最初はそ知らぬ振りをして、長髪のバンドマンたちと談笑した。その後紗香が座っている席に近づき、薄い乾杯を何度か重ねた。紗香と二人きりになったタイミングで、こう切り出した。

「村上だけど覚えているかな?」

紗香はきょとんとしていた。

「君のバンドサークルの顧問だよ」

紗香ははっとした表情を浮かべて

「あの時はすみませんでした。今後気を付けますので、これからもよろしくお願いします」

言葉の端々から生まれ育ちの良さを感じた。タイミングではないと思い、自分の気持ちを伝えるのは伏せた。恋に焦りは禁物。

飲み会も終わり、帰り際、紗香を映画に誘った。快諾してくれたのは意外だった。レッスンに遅れた背徳感が彼女の中にあったのかもしれないが、恋でもなんでも結果がすべて。

心の中で小さくガッツポーズをしながら、紗香の残り香とともに秋を告げる音を探しながら帰路についた。

♡

初デートで見た映画は最悪だった。レイプ犯の産婦人科医のストーリー。よく調べてからチョイスすべきだったと後悔したが、紗香はそれなりに楽しんだようでほっとした。映画を見終わって喫茶店に入り、僕はアイスコーヒー、紗香はパフェを注文した。その食べ方からも上品さが伝わってきた。

お互いのバンドの話になり、僕のバンド名を告げると紗香は目を丸くした。

「デュランの村上さんだったんですか?びっくりです。今度のライヴはいつですか?」

紗香の反応に僕の方が逆に驚いた。僕のバンドのことは知っていると思っていたからね。喫茶店を後にして駅までの帰り道、彼女に声を震わせながら告白した。

「好きです。付き合ってください」

まるで中学生みたいな陳腐な表現。でも紗香は小さな声で言った。

「私でよろしければ」

と。

その時は後の悲劇を二人とも予見していなかった。駅まで言葉を交わすことなく歩いた。紗香の小さく震える白い手を握ることはできなかった。空を見上げると青い三日月がほほ笑んでいた。

♡

ある朝、僕のアパートの電話で起こされた。

「おはよう。今日遊びに行ってもいいかな?」

紗香からのモーニングコールだった。付き合って以来、お互いの部屋に行ったことはない。今どきの若者に聞かせてやりたいくらいのピュアな恋。

♡

夕方ごろに買い物袋をさげた紗香が僕のアパートに来た。

「いつもろくなもの食べてないんでしょ?・今日は紗香特性のビーフシチューを作ってあげるね。これでも料理は得意なのよ」

僕はありがとうと言って、台所に立つ紗香を見つめていた。これがどこにでもある当たり前の日常になればいいとも思った。トントントンとまな板を包丁で叩くリズムが、僕の鼓動とシンクロした。

紗香のシチューは、おふくろの味とはまた違って美味しかった。多分、恋という名のスパイスがそれを引き立てていたに違いない。食事を終えて、二人はまるで子供のようにじゃれあった。

いつもなら夜の八時には寮に帰る紗香だったが、今日は帰るとも言わない。二人が結ばれるのは自然な流れだった。僕は黙って紗香の肩を抱き寄せて、やさしくキスをした。紗香は何も言わない。何度も何度も唇を重ね、紗香の火照った体を愛撫しながら、唇の中に侵入した。紗香をそっと寝かせたところで、

「電気を消して」

と、紗香は静寂の中、恥ずかしそうに言った。

畳のこすれる音だけが部屋にこだました。

僕がはてたところで、紗香は僕の背中を強く抱きしめた。畳が紗香の純潔の血で赤く染まっていた。恋から愛に変わった瞬間だった。

♡

それから毎日のように紗香は僕の夕飯を作りに来てくれた。献身的な紗香に僕の愛は深まった。二人は毎回愛を確かめた。ことが終わると紗香は決まって言った。

「健斗君、私のこと好き?」

「愛しているに決まっているじゃないか」

紗香は何度も何度も僕を求めた。二人はこの愛は永遠だと信じて疑わなかった。窓から見える月光は、なぜだか赤かった。

♡

少しばかり僕の夢を語ろう。ロッソコルサのフェラーリディーノが欲しい。と言うか、たとえ一億だとしてもミントコンデションのフルレストアを手に入れる。イタリア人の純潔の赤。写真だけで惚れた。この羽馬は内臓を売ってでも手に入れる。

今どきの若者よ。月に向かって手を伸ばせ！たとえ届かなくとも。

♡

六甲へドライブした時の話をしようか。クリスマスにはイルミネーションが飾られ煌びやかな街。恋人たちはワムのラストクリスマスなんていう別れの曲で肩を抱き寄せるクレイジーな街。

僕たちは六甲へ夜景を見に行った。満天の星空のもと、紗香と肩を抱き寄せあった。

帰り際、少しふもとの車の中で愛を確かめた。いつもは何度も求める紗香だが、その日ばかりは一度で静寂を呼び寄せた。

恋も半ばにかかってくると、大人の余裕が漂うもの。君にもそんな経験があるだろう？

♡

時が戻って申し訳ない。初デートの話をしよう。

その日二人は愛車のスカイライン GTS NA 2リットル オートマで、ゆるやかに若狭へ紗香をサイドシートに乗せて向かった。紗香は五分もたたず眠りに落ちた。紗香の翡翠のようなホワイトの手をやさしく左手で握りながら、右手をハンドルの二時の位置に置き、アクセルを全開にした。

スポーツカーは一般的に危険と言われているが、乗り方さえ間違えなければ極めて安全なもの。レーサーなら、人を乗せているときにはベントレーのような乗り心地を演出し、全員が眠りに落ちたところで、レーシングカーのように車を滑らせる。それが一流のドライバーというもの。

話がそれた。すまん。君たちは僕の青きラブストーリーを聞きたかったんだよな？

水着も持たずにぶらりと来た紗香の浜辺で日傘を持っている姿は、今でも鮮明に僕の二つのカメラに焼き付いている。南風のいたずらでチラ見したパンチらもね。

昼過ぎに若狭に紗香の残り香をプレゼントして帰路についた。その時、紗香がまだ純潔だとは思いもよらなかった。

♡

紗香は大学の寮に住んでいて、門限は二十一時だった。毎日のように紗香の手作りの料理を食べ終わると二十時四十分に愛車のイグニッションキーを回し、アクセルペダルを目一杯踏み込み、二十時五十九分に紗香を寮まで見送る生活を続けていた。

僕と紗香の大学は京都。紗香の地元は長崎県佐世保市。僕の地元は愛知県名古屋市。

四回生になって紗香は一人暮らしを始めたが、互いの就職先が地元に決まり、それと共に別離へのカウントダウンを心の中で感じていた。

半同棲生活は楽しかったが、一抹の悲しき十字架を背負いながら愛を確かめていた。

♡

そうそう、僕が入ったバンドサークルの最後のライヴの話。僕のパートはサイドギター。ウォーレン・マルティニとロビン・クロスビーを研究した。ラットンロールは僕の憧れだった。

ラットの日本ツアーのハニカムの照明がまぶしくて、僕はタイガーメイプルのノーマルヘッドのホワイトディンキーのゼップツーを高二の時に手に入れた。高校の時は家庭教師のアルバイトを二件週二でやっていたので、ギター代十万を稼ぐのはそれほど難しくなかった。

♡

稼ぐで思い出した。僕は中学生のころからラジコンカーに夢中だった。二年生になると京商から声がかかり、パーツの開発のアドバイスをした。戦績はオンロードで全国七位。オフロードでは予選敗退。その時は一個下の広坂正美が猛追しているのに気が付かなかった。

♡

正美は僕なんて一瞬で抜き去り、スターダムへと駆け上がった。今でも彼は伝説になっている。

そして僕は高校へあがり、自然な流れで純白のウォーレンを手に入れた。アンプはピーヴィー。最初のエフェクターはヤマハのマルチタイプ。フットスイッチはミディー接続で、音切れはするが今でも使える最強のフロアマルチ。そいつ先輩方のボスを一蹴した。

♡

恋の話にそろそろ戻ろうか。命短し恋せよ乙男ってね。

四回生になり別離の瞬間が近づいていた。紗香は就職活動でNHKの受付嬢と、福岡放送のアナウンサー、高校教師の三つの内定を勝ち取った。僕の彼女を名乗るなら、それくらいは当たり前にしてほしい。

紗香から「高校の先生とアナウンサーのどっちがいいと思う?」と聞かれたので、「消耗品の女でよければアナウンサーに、一生慕われる女になりたいのなら高校の先生になりなさい」と言った。

僕はと言えば、三菱重工業をはじめとして、トヨタ自動車、中部電力、豊田合成、マキタなど、大手企業にのきなみ内定を取った。その中でも実家から一番近いという理由だけで、三菱重工業に決めた。

♡

紗香と僕は、それぞれの進路が決まり、残りの青春を謳歌した。紗香のマンション近くの三十三間堂、僕のアパートの近くの金閣寺。竜安寺。はたまた東へは銀閣寺。奈良まで行った際には、鹿せんべいを買い撒き与えた。

とにかく毎日楽しかったが、別離の日が近づくにつれて、僕の中で一抹の寂しさみたいなものがこみ上げてきた。

♡

僕はバンドを相かわらずやっていたが、紗香との時間は映画を見たり、一緒に映画を見に行ったり、京都競馬場にサラブレッドを見に行ったりして過ごした。

最後の三カ月になると、僕は紗香のマンションで、まるで現実逃避するかのようにロールプレイングゲームに興じていた。

♡

いよいよ別れの日になり、新幹線のホームで見送った。この時二人は近い未来に来る悲劇を思い出にしなかった。付き合い始めてから二年ほど経ったころから、二人は結婚するものだと信じて疑わなかった。

♡

ほどなくして僕も名古屋に帰り、紗香と僕はそれぞれの新生活を始めた。僕は名古屋で三菱重工業名古屋機器製作所という事業部に勤務になり、紗香は福岡工業高校という高校に勤務になった。

二人はそれぞれの新生活を楽しみ、毎日のように電話で愛を確かめた。

♡

就職してからはほぼ毎月のように僕は紗香の待つ博多へと出かけた。主に天神で愛を育んだ。

時には紗香の故郷である佐世保の実家まで出かけたりした。紗香のご両親と初対面の時、僕は紗香のお父さんと対峙し、緊張のあまり口籠ってしまって何も話せなかった。帰り際紗香のお父さんにこう切り出したところ、一発で気に入ってもらった。

「何もしないうちからお給料をもらっては申し訳なく思います」

とだけ。紗香のお父さんの返事は次のものだけだった。

「紗香をよろしくたのむ」

と。

♡

それから紗香と二人の愛の絆は益々深まった。湯沢温泉にスキーに行ったところ、僕はゲレンデの入り口で足を滑らせて後頭部を強打した。紗香とその友達達は僕のその姿を見て笑っていた。洒落にならないくらい痛かったというのに。

紗香はボーゲン、僕はパラレルでそれぞれスキーを楽しんだ。紗香の友達のボンボンと、その彼女のコブ付きだったのは余計だったけどね。そのボンボンは僕と同じ立命館大学の同級生。その彼女は僕が組んでいたリードギタリストと偶然にも自身の彼女がいながら合コンしたことを赤裸々に告白し、おもいきり笑った。リードギタリストは同じサークルの先輩を彼女にしていたので、弱みを握ったと心の中でにやりとした。

♡

自宅に帰るとほどなくして初代と二代目のボーカリストを除いて、リードギタリストの実家に招待された。三人だけの同窓会を兼ねてのセッション会。

リードギタリストの家に紗香の香りの残る愛車にドラマーを乗せて到着したものの、玄関のチャイムを押しても一向にでてこない。それもそのはず。家の中からバンド解散ライヴのアンコールを飾ったドッケンのキッス・オブ・デスの闇を切り裂く高速リフが光のスピードで鳴り響いていたからだ。僕とドラマーは、その嵐の間隙をぬって玄関の寒さに震えるチャイムを十六ビートで押した。

♡

リードギタリストは満面の笑みで玄関を開け、僕とドラマーを出迎えた。久しぶりの挨拶もそこそこに、早速セッションが始まった。

手始めにスキッド・ロウのユウス・ゴンーン・ワイルド。次いでスウィート・リトルシスター。エイティーン・アンド・ライフで肩ならし。極めて自然な流れでミスター・ビッグへと移っていった。ミスター・ビッグの最初のナンバーは、もちろんダディー・ブラザー・ラバー・リトル・ボーイ。次いでオハコのアディクテイッド・トゥ・ザット・ラッシュ。コロラド・ブルドックのことはなぜだか忘れていた。ラストはもちろんドッケンのキッス・オブ・デス。

しばらくの間談笑し、晩御飯はリードギタリスト行きつけの焼肉屋に僕のスカイラインとリードギタリストの愛車で行った。

まずは生ビールで乾杯し、リードギタリストお勧めの肉をレアでほおばった。語るまでもなく飲酒運転だったが、もう時効なので許してほしい。そして僕はドラマーを乗せて愛車をすべらせて、下道で帰路についた。ドラマーに紗香の姿を重ねながら。

リードギタリストは自身の愛車で桑名の実家へと戻っていった。焼肉屋でリードギタリストを彼女がいながら合コンしたことを知っていることでひやかしたことを今でも覚えている。

リードギタリストは僕の口はダイヤモンドより硬いことを知っているから「内緒にしてくれ」なんてことは一言も言わなかった。ついでに言うと、紗香への婚約指輪はティファニーの1カラットくらいの縦爪を贈るつもりでいた。もちろんランクはDで。

♡

話がそれた、すまん。紗香の話に戻ろう。昔のバンドメンバーと再会した直後に紗香が名古屋に来た。僕は安月給だったので、少しだけ高めのビジネスホテルを取った。

居酒屋でビールで乾杯し、最後は紗香の好きな日本酒をぬるめのかんで酌み交わし、ホテルに戻りセミダブルのベッドで愛を確かめた。ベッドのきしむ音と紗香の喘ぎ声が、たばこの臭いの狭い狭部屋をこだました。

紗香は翌日の夕方に帰っていった。名古屋観光より僕を強く求めたからに違いない。僕は紗香の要望を受け入れ、満足させた。出会ったころはバージンだったが、嘘のように淫乱になっていた。その淫乱さが二人に悲劇を巻き起こすとは、この時は考えもしなかった。すべての責任は僕にある。

♡

♡

紗香が僕の実家に来た時のことを語ろうか。

僕は新幹線ホームまで迎えに行き、二人の思い出の詰まった愛車のスカイラインで自宅まで直行した。並の女なら彼氏の母親と初めて会うとなれば緊張するものだが、紗香は肝がすわっていて終始にこやかだった。

母も紗香のことが気に入ったらしく、紗香が帰った夜、「あの子はいい子だね」と言っていた。単純に嬉しかった。僕は夜空に瞬く星に願いを込め、西の空に沈みゆく三日月に十字を切った。君たちだってそんな経験のひとつや二つくらいあるだろう?

紗香と僕はだいのお酒好きだった。紗香が一番好きだったのは日本酒、僕はビール。ちなみに三菱重工業でビールや日本酒、ジュースなどの飲料水の充填機械の制御設計を担当し、入社三年目にして役員候補になった。

カクテルも勿論好きだった。紗香はマティーニ。僕はカンパリオレンジ。シンプルがゆえに匙加減の難しいにバーテンダー泣かせのカクテル。しめはウォッカやらテキーラやら、火の酒ばかりを注ぎ、最後にコーラとレモン汁を加えるとアイスティーの味になるロングアイランドアイスティーと呼ぶクレイジーな酒を二本のストローの片方で流し込むというもの。二人とも酒が強く酔いつぶれたことなど一度もなかった。あの一件を除いて。

♡

その後、何度か紗香と僕は、福岡と名古屋を行き来して愛を確かめた。

ある夜、名古屋の小料理屋に行った時のこと、紗香の様子がおかしい。日本酒をまったく飲もうとしないのだ。その時はただ紗香が酔いすぎただけだと思っていた。まさか福岡であんなことが起こっていたなんて思いもよらなかった。

♡

それから数カ月の歳月が流れて、僕は福岡の地に降り立った。駅のホームまで紗香は迎えに来てくれた。

博多駅から電車に乗り紗香のマンションに着き、ソフトなキスで愛を確かめた。暫くすると、紗香は外へ何も言わずに出ていった。が、なかなか帰ってこない。二時間ほどして見知らぬさえない男を連れて帰ってきた。

その男は無言で終始うつむいていた。紗香の浮気相手だと確信した。よりによってあんなさえない男と浮気する気になったものだと、今でも不思議で話にならない。

♡

僕はソファーの中央にデンと座り、男のつま先から頭のてっぺんまでなめるように見た。そして終始うつむいている男を一ミリも動かずに睨みつけた。

最初に口を開いたのは紗香だった。

「優次君、今日は帰って」

と。

微かに震える優次という名の男は安堵したようで、すごすごと帰って行った。

「そういうことなの」

紗香はけろっとした表情で言った。僕は「帰るよ」と言ったが、紗香は僕の手を後ろから強く引き、こう言った
「今日は帰らないで」

と。

♡

その後、紗香とは何事もなかったかのように過ごした。

その日の夜はこれまでにないくらいに燃え上がった。僕がはてる瞬間、紗香は僕にしがみつき放そうとしない。僕はこらえきれずに紗香の中ではてた。

♡

翌朝早々に紗香と僕は博多駅のホームに降り立った。東京方面名古屋行きの新幹線がホームに着くと、紗香の瞳から涙がこぼれた。紗香の震える肩を抱き寄せることはできなかった。

♡

紗香に笑顔で「サヨナラ」と言うと、新幹線の発車のベルが鳴り扉が閉まった。列車が名古屋に向けて滑り出す。紗香は泣きながら僕を追いかける。紗香が次第に遠くなる。不思議と僕の瞳から涙は出なかった。

♡

その後、数年の間、僕の心は浮遊した。僕のところへ言い寄ってくる女性はたくさんいたが、僕は紗香のことを決して忘れられなかった。抱いた女性も何人かいたが、常に紗香を重ねていた。

♡

それから数年経って東海集中豪雨が起こり、川を挟んで隣町の西枇杷島町が濁流に沈んだ。

その夜、家の電話がけたたましく鳴った。電話を取ったのは母だった。母が僕に電話を渡す。「誰?」と聞いたが「わからない」と言う。

♡

僕は声を聴いてハッとした。紗香からだった。

「健斗君、大丈夫」

開口一番紗香は言った。

「あれは隣町だから大丈夫だよ」

と僕。それから思い出話に花を咲かせたところで、紗香がおかした罪について白状した。同じ高校の男性教師すべてと姦淫したこと。そのうちの一人に日本酒に睡眠薬を入れられてレイプされたこと。

僕はその男を含めて、紗香のすべてを許した。そして一年後の今日、東急ホテルでの再会を誓いあった。

♡

それから一年が経ち、僕は約束のバーでキューカンバンモヒートを飲んでいた。キュウリの入ったありそうでなかなかないカクテル。次に紗香との思い出の詰まったロングアイランドアイスティーを飲んでいたところ、カウンターにオレンジジュースとカンパリの赤いボトルが並べられた。

ハッとして振り返ると、紗香がそこでほほ笑んでいた。

「健斗君、おまたせ」

♡

二人の愛の絆は、ブラックジャックのメスでも切り裂けない。

了

《筆者紹介》

村瀬淳（むらせじゅん　本名：池山淳　いけやまじゅん）
Ｖｏｉｃｅ代表
愛知県名古屋市出身
立命館大学理工学部電気工学科卒業
著作　『就職活動における４の法則』
受賞歴　小学館「きらら」携帯メール小説大賞佳作『月曜の朝』

十二月九日

夏目　優

「ねぇ、占いって興味ある？」

ふと恭子がつぶやいた。

「急にどうしたの？」

「私、好きな人ができたって言ったじゃん。」

「聞いたよ。」

「でさ、彼とうまくいくかどうかを占ってほしいんだよね。」

陽華は笑った。

「占いに頼るの？」

「今回は結構乗る気だから、何にでも頼っちゃう。というわけで、ここの近くによく当たる占い師がいるみたいなんだ。ねぇ、行ってみようよ。」

陽華はあまり気乗りしなかったが、気分転換になるかもしれないと思いうなづいた。

「たしかここのはずなんだけどな……」

恭子はスマホを見ながら、目的の占い師の場所を探していた。

「場所違うんじゃない？」

陽華は辺りを見渡したが、それらしい人影は見当たらなかった。

「そんなはずないんだけど……」

へこむ恭子を慰めようと思った陽華が、恭子に近づいたとき、

(陽華さん、こっちよ。)

と、遠くから自分を呼んでいる声が聞こえたような気がした。

「恭子、こっち。」

陽華は恭子の手を引いていた。

「陽華、どうしたのよ。」

「こっちにいるような気がするの。」

恭子は首をかしげながらも、陽華についていった。

「ほらいたよ。」

陽華が指し示したところに、ニカブを着た女性がいた。

「ニカブを着ているからって占い師とは限らないし、場所だって違うよ。」

恭子はそうつぶやいたが、陽華はその女性の前で立ち止まった。彼女は、ニカブを着ていたから顔はわからなかったが、瞳が二人の心の内側まで見通しているような気がした。

「何を占いましょうか？」

陽華は恭子を左腕で小突いた。

すぐさま恭子が身を乗り出した。

「私、好きな人がいるのですが、彼とうまくいくかどうかを占ってほしいんです。」

恭子はすぐえり好みをするから、なかなか彼氏ができなかった。だから、恭子は幸せになってほしい。陽華はいつもそう思っていた。

「わかりました。では、目を閉じてその人のことを強く念じて下さい。」

「名前とか生年月日とかは聞かないのですか？」

恭子は当たり前の質問をした。

占い師は笑った。

「必要ありません。あなたは恭子さんですね。」

恭子は驚いた。

「どうして分かるのですか?」

「私には何でも分かります。その人のことをただ強く想って下さい。」

恭子はうなづき瞳を閉じた。隣りにいても恭子の想いが伝わってくるくらいだった。

占い師も目を閉じ、両手を恭子にかざした。
二、三分位経ったであろうか、占い師は手を戻し目を開いた。
「もう結構ですよ。目を開けて下さい。」

恭子はふーと息をつき瞳を開いた
「あなたの想いは、きっと彼に通じます。」

「本当ですか?」

恭子の声がオクターブ上がった。

占い師はうなづきながら続けた。

「食事に誘ってみたらどうでしょう。彼は、あなたを素敵な女性だと思っていますが、あなたが自分に好意を持っていると気がついていないからです。うまくいきますよ。」

今度は恭子がうなづいた。恭子は両手を胸の前で握り、うっとりとしていた。

(当たるといいな。)

陽華はそう思った。

「あなたはどうですか?」

占い師が、今度はあなたの番よとでもいわんばかりに陽華を見た。

「……私は別に……」

陽華は口ごもった。

そんな陽華を占い師はじっと見つめた。

「……何か悲しいことがあって、塞ぎこんでいるように見えますね。」

陽華は驚いた。

(確かにそう。あの日からずっと……)

「そのまま、そのまま」

占い師はそう言って、両手を陽華にかざして目を閉じた。陽華は言われても
いないのに目を閉じていた。何かを考えていたわけではない。何もない澄み渡

った空に自分が浮かんでいるような感覚だった。頬に当たるそよ風が心地良く感じられた。

（これが明鏡止水なのね。）

陽華は漠然とそう感じた。どこまで行っても雲すら見えない。ただ青い空だけが広がっていた。その中で遠くにひと筋の光が見えた。

（あれは何だろう。）

興味を示し近づこうとしたところで占い師の声が聞こえた。

「目を開けて下さい。」

光も青空も陽華の眼前から消えた。

陽華が目を開くと占い師が話し始めた。

「そうですね。十二月九日、午後三時に教会に行ってごらんなさい。虹がかかって雪が舞っている風景が見えました。きっといいことがありますよ。」

ニカブから見える瞳が笑っているような気がした。

陽華はあまり気にしなかったが、占い師の瞳が記憶に残っていた。紅葉《もみじ》がなくなり十二月に入ると、あのときの言葉が思い出されてきた。

ふとカレンダーを見ると、その日が目に飛び込んできた。

(十二月九日か……私の記念日だったな……いいことって一体なんだろう。)

そこには少し気にしている陽華がいた。

その日はなんとなく早く起き、

(なんだ雨じゃん)

ベッドからでも聞こえる雨音に陽華はがっかりした。

でも雨のあとだから虹が出るんだなと思い直し、カーテン開けて外を見る。

(そういえば雨が好きっていう人いたな。)

その人は、雨が好き。しかも土砂降りの雨が大好きと言っていた。嫌なものを全て洗い流してくれるからって。

(私は雨は嫌いじゃない。でも土砂降りの雨は嫌い。上から叩きつけられるようだから……)

かなり強めの雨に陽華は顔を背けた。

思わずカーテンを閉めてベッドにもぐりこんだ。

（私は何をしてるんだろう。占い師の言葉を気にして……）

陽華は目を閉じた。


それからしばらくして陽華は顔から飛び起きた。

（私寝ちゃってたんだ。）

思わず時計を見る。時計の針は午後一時を指していた。雨音は聞こえなかった。陽華はベッドを抜け出してカーテンを開いた。雨はほとんど降っていなかった。

（教会に行ってみようかな。）

占い師の言葉を信じていたわけではなかったが、なんとなく気になっていた陽華は、無意識に着替えをしていた。着替え終わり簡単なランチをとり、ドアを開けた。雨はやんでいた。

（これならゆっくり歩いても三時には教会に着くわね。）

よく歩いている道なのになぜかしら新鮮な感じがした。路面の水溜りに思いっきり足を入れる。溢れる水がきらきらと光を反射した。思わず顔を上げると、すっかり晴れた空に虹が輝いていた。

（虹ってこんなに綺麗だったっけ？）

陽華の目が虹の七色を追っていた。

（十二月九日、虹が出て、雪が舞う……か。晴れたのに雪降らないよ。）

そう思いながらも陽華は教会へと向かった。

そして午後三時
教会に着いた陽華は、あたりを見回したが何もなかった。

（まあこんなもんか。）

踵を返して帰路につこうとしたとき、教会の鐘が鳴り響いた。思わず振り返ると雪が舞っていた。

（まさか……）

雪と思ったのは白い紙吹雪だった。そしてその向こうには、白いタキシードの男性とウエディングドレス姿の女性がいた。

（結婚式か。）
陽華はその二人を漠然と見ていた。
沢山の人に祝福されて笑っている二人
綺麗な人、幸せそうだな。
男の人格好いいな。
……でも見たことがある。
あれは亡くなった私の旦那だ。
……横にいるのは……私。
陽華の頬を涙が濡らしていた。

ずっと塞ぎこんでいた私に希望を与えるために
思い出を見せてくれたのね……
ありがとう

《筆者紹介》

夏目　優（なつめ　ゆう）

中学の頃は詩を書いていました。

小説は大学生になってから、ちょっと書き始めたのですが、長続きせず、本当に書きたいと思ったのは、ここ数年です。

ラブサスペンスが好みで、若干書き留めていますが、今回は短編ということで、ファンシーな感じで書いてみました。

気に入っていただければ幸いです。

あまり現実的なことを書くと、小説のイメージにそぐわないような気がしますので、こんな感じかと。

幸せの色

セル

血のように赤く、薔薇のように美しい少女がいた。

＊

誰も寄り付かない真っ暗な路地裏に男の呻き声が虚しく響く。

自分の瞳と同じ色に染まる背中に乗りながら、逆手に持ったナイフを作業のように上下に振る。

肉が潰れる音。骨を削る音。絶えず鼓膜を刺激する男の声。

（憎い、、、）

声が聞こえなくなっても。

（憎い、、、）

静かな激情は収まらず。

（憎い、、、）

男が完全に動かなくなっても。

（憎い、、、）

手を止める気にはならなかった。

「ねぇ、、、」

一人の人間を惨殺したとは思えないほど澄みきった声が、路地裏にこだます。

「どうして？」

主語のない問いかけに答えるものは、もう誰もいなかった。

＊

俺は大杉賢二。去年、刑事になったばかりの新米警察官だ。

ここ最近、真夜中に現れる通り魔事件を解決するために先輩と日々奔走している。

手首に装着した真新しい腕時計を見ると、針は既に午後一時を回っていた。

「あの、そろそろ飯に行きません？真琴さん」

思い出したように自覚する空腹と共に、助手席に座る先輩に提案する。

切れ長の瞳。髪を乱雑にオールバックにして、タバコを一本、人の車でふかしている先輩の名前は伊東真琴さんだ。

いかにも仕事が出来る風の相貌を資料から上げた真琴さんは、首をボキボキと鳴らした。

「あ～、もうそんな時間か……」

「調べ事も良いッスけど、あんま根詰めないでくださいね」

一度調べ事を始めたら限界が来るまで時間を忘れて資料を読み耽る上司に忠告すると、寝癖だらけの頭をポカッと叩かれた。

「イテッ！」

「何他人事みたいに言ってんだ。お前も捜査班だろう。ちょっとは調べろ」

「分かってますよ。調べるには足を使う。俺は先輩の足ッスから、車を出し、ご飯を忘れる先輩に糖を摂取させる、ほら、それなりに貢献してますよね？」

冗談混じりに笑うと、また頭を叩かれる。

「ちょっ！パワハラ！」

「自業自得だ。足の自覚があるなら、俺以上に捜査に奔走することだな」

「そういうのは屁理屈って……！あぁ、もう良いッスよ。腹減りすぎて死んじゃうんで、早く行きましょ」

「じゃあ、移動中俺は資料読んでいるから」

「それで前に酔って盛大にリバースしたでしょう?!先輩の吐き戻したものの後始末なんて二度とごめんッスからね！」

以前も移動中に捜査資料を読んでいた真琴さんは乗り物酔いをして、この車の助手席で口から汚い滝を流したのだ。その時はきっちり昼食を摂った後で、シートを濡らした滝の量は半端じゃなかった。

（真琴さん、大食いだから余計多かったんだよなぁ……）

思い出したくもない。

互いに黒歴史となっている出来事が蒸し返されて、真琴さんと一緒に無言になる。

俺は車のエンジンをかけ、す○家へ向けハンドルを切った。

真琴さんは大人しく車窓から流れる景色を眺めていたことで、大惨事を回避する。

一体先輩は今何を考えているのか。窓に反射して見える真琴さんの神妙な顔からは何も読み取れない。

（まぁ、生真面目な真琴さんのことだ。事件のことでも考えてるんだろ）

数分もしないうちに目的地に到着した。

「ほい、到着ッス」

「おれ、牛丼大盛とカレーな」

「やけに早い注文ッスね？……まさかずっとなに食べようか考えてたんスか？」

「半熟卵も追加だ」

「そして俺が払う前提なんスね……」

俺の中の先輩のイメージに少しだけヒビが入った瞬間だった。

一気に財布が軽くなりそうだと、少しだけ虚しくなる。

「飯を食い終わったら聞き込みをする。準備をしておけ」

「ハイ……」

空腹も限界なので早々に車を出て、昼を過ぎて後片付けに追われる従業員が動き回る店内へ入る。

だいぶ混んだのか、疲労が見える女性の店員が接待してきた。かなり美人だ。

予め決めていた注文を言った後、俺はふと思い浮かんだ問いを投げた。

「……で、事件に関しては何かわかりました？」

俺たちが現在調べている事件は、夜な夜な誰も通らない路地裏で人が無惨な姿になり果てて惨殺されているという事件だ。

俺も一度その死体を見たことがあるが、ひどい有り様だった。身体中に臓器がこぼれてくるのではないかと思うほどの刺し傷があり、死亡したあとも血を全て失わせる勢いで傷つけられていた。

食事前に思い出す光景ではないので回想をシャットダウンする。

先輩がさっきから読み込んでいた資料は、被害者たちの一通りの情報をまとめたものだ。

血液型、出身地、職業などの情報が記されている。

「いや……全然だな。動機に繋がりそうな共通点は何一つ見られない」

脳にインプットしてある情報を思い返しながら、真琴さんは無念そうに首を振った。

「犯人の足取りも不明なんスよね？」

「それがな、そこは目星がついているんだ」

返答に首をかしげた瞬間、鼻のすぐ先を牛丼が通過していく。

「おまたせしました～。牛丼並盛と大盛、そしてカレーです。半熟卵、こちらに失礼しますね。ごゆっくりどうぞ〜」

「あ、店員さん。ちょっと聞きたいことがあるんだが良いかな？」

先輩が、注文していた料理を運んできた若い女性の店員に訊ねた。

「この付近で、変わった家はないか？例えば、日本じゃあまり見かけない大きな屋敷とか……」

「……お客様がたはもしかして警察の方ですか？」

「そうですが、それが何か？」

「い、いえ！刑事さんに手がかりの質問されるのってドラマみたいだなぁって思っただけです。スミマセン、話が逸れましたね。大きなお屋敷なら知ってますよ。お店の裏の道を真っ直ぐ行くと、掃除がされていなさそうな古びたお屋敷があります。噂では、昔日本を訪れ気に入った外国の貴族の別荘だとか」

やけに詳しい店員さんの話を聞きながら、牛丼を頬張る俺だった。

＊

「さて、今からここに張り込みをする」

「ここって、さっきす〇家の姉ちゃんが教えてくれた屋敷ッスよね？」

俺の金で腹が膨れた先輩は腰に手を当てながら、目の前にそびえる巨大な屋敷を見上げる。

フランス辺りに建っているのがお似合いな豪奢なはずの屋敷は、店員の言った通り廃墟同然だった。

「これ、人住んでんスか……？」

「……怪しいところだが、住めないわけではないだろう。築五十年のアパートはこれくらいじゃないか？」

「筑五十年のアパートでも、さすがに窓は割れてないッス」

割れた窓どころか、扉すら打ち破られたように大破している。すきま風が入り込むなんてレベルではない。

まるで、戦争中に被害にあった屋敷が時を止め、取り残されたかのようにも見えた。

「なんか不気味ッスね。本当に張り込むんスか？」

「おやおや、賢二君？　怖いのかな？　人々の安寧を守る警察官の君が、ボロボロなだけの屋敷を前に足をすくませると？」

野郎の声を若干上げて馬鹿にしてくる真琴さん。

「怖いなんて言ってないッス！」と鼻息を荒くした俺は、まんまと先輩の言葉に乗せられた。

（……ってな感じでかれこれ五時間張り込んでるけど、やっぱ誰も住んでないんじゃゃね？）


屋敷からは見えず、しかし屋敷は見える絶妙な位置に止めた車の中で、俺は欠伸を噛み殺した。

腕時計を見ればもう午後七時だ。

（そろそろ夜ご飯食べたくなってきたな……）

「賢二、見ろ」

鳴り始めた腹を撫でていると、真琴さんに肩を小突かれる。

「見ろ」と言われてみるのはもう見飽きている例の屋敷だが、そこに明らかな変化があった。

「部屋の灯りが、点いてる……？」

「正門以外に入れる場所があったようだな。屋敷の主はご帰宅のようだ」

「そもそも、何でこの屋敷を張り込もうと思ったんスか?」

「被害者の刺し傷に共通点があってな。最初は犯人が同じだから当然だと思ったんだが、念のため詳しく調べてみたところあることが判明した。何百年も昔フランスで貴族が行っていた拷問方法とよく似ていた」

数百年前のフランスといえば、かの有名な聖女ジャンヌ・ダルクや極悪非道な王妃マリーアントワネットがイメージにある。戦争も多く、奴隷に対する非道な扱いや、貧民や罪人たちへの拷問が日常的に行なわれていたと中学のときのハゲ教師が語っていた。

「アイアンメイデンなどの拷問の影に隠れ有名ではない上に、名前すらないが、とある文献に載っていた。大きな血管を確実に切り裂き、大量に出血させながら、死に至るまで時間がかかる、究極の死刑方法とも言われている」

「それをなぜ犯人が知っているんスか?」

「明確には分からないが、おそらく昔から栄えていた貴族の末裔で、偶然その方法を何かで知ったのだろうな」

「本人に聞けば全て分かる」と、真琴さんはいそいそと車を出ていく。

もちろん追いかける俺。

先輩は躊躇なく屋敷のなかへ不法侵入した。

もちろん躊躇う俺。しかし追いかける。

外観通り荒れ果てた屋敷内に人が住んでいる気配はなかったが、玄関ホールの正面階段をあがった先にある二階の部屋から灯りが漏れていた。

先輩と顔を見合わせて足音を殺しながら部屋の前まで接近する。

僅かに開いたドアの隙間から中の様子を窺った。

ボロボロの二人掛けソファーに、長い黒髪の少女が腰かけていた。

チラリと垣間見た横顔に浮かんだ深紅の瞳に、俺は思わず息を止め魅入ってしまう。

それくらい、その瞳は美しく、儚げで、冷たかった。

手を伸ばしたくなる。呼吸の仕方を忘れ、少し離れたところにいる存在に触れたくなる。

今の自分の状況すら忘れて茫然となった俺の耳に、真琴さんの声が響く。

「避けろ!賢二っ!」

真横から体を突き飛ばされる。

埃臭いカーペットに体を打ち付け我に返った俺が見たのは、真っ赤なカーテンだった。

「……ぇ？」

生暖かい液体が顔に降りかかる。

目の前の光景を見ながら、知らぬうちに頬を滑る涙。

腹を貫かれた体。大事な血管を傷つけたのか、あり得ないくらい迸る鮮血。

俺に向かって力なく崩れ落ちる仕事のパートナー。

「真琴……さん？」

「逃げ、ろ……。賢二……」

息も絶え絶えに真琴さんが俺に覆い被さる。

次の瞬間、先輩の体からまた血が溢れた。

背中に鋭いナイフが刺さったのだ。

(俺を……守って……？)

「ねぇ……」

俺のものでも先輩のものでもない、澄んだ女性の声が惨劇を揺らす。

「どうして……？」

どこかで聞いたことのある声だと直感した。

思い出した。この屋敷のことを事細かに教えてくれた店員の声だ。

息を荒くさせながら、真琴さんが立ち上がる腰を抜かして動けない俺を背に庇い、深紅の瞳の少女と対峙した。

「一体……何が、どうして……なんだ？」

喋るのもやっとな先輩は、特に驚きもなく彼女を見据えていた。

「俺の方こそ、聞きたい……。なぁ、どうしてなんだ……？どうして、多くの人間を殺したんだ……？」

「憎い……」

消え入りそうな声で少女は語る。

「幸せな人が、満ち足りた人が、私にはどうしても許せない」

一体、彼女の過去に何があったのか、この状況では知る術も余裕もない。

「理不尽よ。私はこんなに不幸なのに、ただ生まれてきただけなのに、どうしてこんなに嫌われなきゃいけないの？私はただ、普通に生きたかっただけなのに……」

細い肩を震わせながら、瞳から涙をこぼした。

「ねぇ……どうして……？どうして私は、人生を孤独に過ごさなければならなかったの？どうして、きっかけが少し違っただけで、幸福か不幸か、決まらなければならないの？どうして、誰も私を愛してくれないの……！？」

「そんなの知るか」

俺は掠れた息しかできない真琴さんの前に立つ。

さっき背に庇って貰ったように、今度は俺が先輩を守ると決めながら、俺は口汚く少女の言葉を否定した。

「幸せな人間が憎いから、幸せな人間を殺す？なら、アンタの幸せの基準ってなんスか？俺からすれば、アンタも十分幸せに見えるッスけど」

牛丼を求めている人間に牛丼を配膳する。それは、人一人に幸福を配っているのと同じだ。食べて、「おいしい」と笑って、満足して帰ってくれる。ささやかだが紛れもないその幸せを自分は届けることができたのなら、それは決して不幸なことではないはずだ。

　彼女は幸せを愛しているからこそ、それを与えられない自分を嘆き、幸せな人を憎んでいるのだから。

「それに、アンタに殺された人が心の底から幸福だったと思ってるんスか？」

「どういうこと……？殺した人は、みんな新しい家庭を築いて未来に向かって歩いているような人たちばかりだった。だから、私は殺したのに、それは違うと言いたいの？」

「あぁ違う。この国に、何の憂いもなく幸せばかりを感じて生を謳歌している人間なんていない。理不尽な状況があり、どうしようもないほど腹立たしい時もある。だけど、それでも必死に今を生きてきた。もし、アンタが殺した人々が幸せそうに見えたのなら、それだけ彼らは無我夢中だったってことだ」

　俺は難しいことは何も分からないし、被害者たちが実際にどうだったのかも分からないけど、これだけは確信していた。

「アンタの言う幸せが、何の憂いもなく、ただ幸せだけを感じるものだったなら、それは何をしても手に入れることは難しいッス。人は不幸だからこそ幸せになれるんスから」

「分からない……。あなたが何を言っているのか、私には分からない……。幸せは幸せでしょ?私は……私の思い描いた幸福の日々に、不幸なんていらない……!」

駄々を捏ねる子供のように。反抗期を迎えた子供のように。

少女は全ての言葉を否定した。

「……私は、この家から、両親から、全てを奪ってしまった……。庭園から美しい薔薇園を。家族から未来の繁栄を……」

溺死の先輩にとどめを刺すわけでもなく、立ち塞がる俺を虐殺するわけでもなく、嗚咽を闇に残して少女は消えた。

俺は大急ぎで救急車と警察を呼び、その日は幕を閉じたのだった。

*

「結局何だったんスかね?あの女の子」

重症を負った真琴さんが入院する病室で、花瓶に水を差しながら俺は呟いた。

あの夜を境に、少女が犯したと思われる殺人事件は一切報告されなくなり、犠牲者が増えることはなくなった。

犯人を捕まえない限り事件は終わらないので、俺たちは現在、日本人にはありえない深紅の瞳を持つあの美しい少女の身辺調査を行っている。

「さあな。それもこれから判明していくんだろう。俺の見立てでは、あの子もある意味被害者なのかもしれないと言うことだけだ」

胴体を包帯でグルグル巻きにされた真琴さんは、窓の外を眺めながら感慨深そうに言う。

「庭園から薔薇園を。両親から繁栄を、か」

「何か分かったか？」

「彼女の過去なら少しだけ……」

十九年前。フランス貴族の家系に列なる一家があの屋敷に住んでいた。主な収入源は屋敷の庭園に咲き誇る大輪の薔薇だったが、そのあまりの美しさに買い求めるものが後を絶たなかった。

順風満帆の暮らしをしていた一家には、たった一人の愛娘がいた。日本人の母から受け継いだ見事な黒髪と黒目を持ち、フランス人の父から受け継いだ西洋の美しい顔立ちの少女だった。

深紅の薔薇のおかげで十分な収入を得ていた一家は約束された繁栄に、豊かな暮らしをしていた。

そんなある日のこと。

少女が庭園で咲き誇っていた薔薇に触れてしまう。商売道具のため、絶対に触れるなと言われていた薔薇に、好奇心から触れてしまったのだ。

それだけならまだ良かった。

だが問題は、触れた瞬間すべての薔薇が枯れ、もう二度と花を咲かせることはなかったことだ。

「それが、あの言葉の意味ッスね」

収入源を奪うどころか、触れただけで薔薇を枯れさせた少女を、両親はあの屋敷に置き去りにしてどこかへ行ってしまった。

以来、あの少女は幼少の頃から、あの屋敷で孤独に生きてきたのだ。

「そりゃあ、不幸なんてもうお腹一杯って気持ちにもなるッスけど……」

「あぁ。だからといって、人を殺して良い理由にはならない」

真琴さんと頷き合う。

先輩が復帰したら本格的に犯人を追うつもりだ。恐らく世界中を飛び回ることになるだろうが、幸い俺にも先輩にも恋人はいないのでノープロブレムだ。

まだまだ捜査は始まったばかりだ、と自分を奮い立たせる。

「真琴さん！早く治ってくださいッス。俺一人で調べるにも限度があるッスからね」

「言われなくても治すさ。俺もお前だけだと不安だからな」

先輩と二人、軽口を叩き合いながら俺は今日も奔走する。

了

《筆者紹介》

セル

十二月生まれ。
十七歳。
山形県出身。
現在は岩手県に在住している。
ふだんは別名（バティン）で創作活動を行っている。

最愛のデッサン

林田　純

人は、心に、ペインティングする時、、、。
人は、心優しく、生きられたりする、、、。
人が、皆、そうなれば、、、。
人類は、本当に、平和になるだろう。

目次

第一章、時の波

1、

時の波が、けたたましく、押し寄せて、、、。

彼に逢う約束の時間が、刻々と迫って来ていた、、、。

だったので島本綾香《あやか》は、降り立った最寄り駅から、押し出される様にして、慌ててひらりと、、、。

駅前から、街並みの中に出てみると、、、。

度重なる小路《こみち》を、一体どの様にして歩いて行けば良いのかと、次第に不安にもなって、、、。

然るに歩を緩めたり、時々立ち止まったりしてみるのだが、、、。
『中本貢《みつぐ》』君のマンションは、一向に見えて来ず、、、。
けれども、冷静になってみると、、、。
「仕方ないなー。」
と呟いて、、、。
スマホの地図を、ズームにして、あの辺かなーと、思ったりした、、、。

2、

つまり、つまり、
所謂そう言う風にして曖昧に、中本貢君のマンションを探す彼女の真意は、
何処に有るかと言ったら、、、。
彼女の久々な彼との再会に、
「私の恋愛のエンディングって、こんなので良いのかな。」

と、思う所が、少なからず、有るからだった、、、。

3、

それなので、つまりは要するに、、、。
そう言う訳が有ったから、尚更の事、、、。
実は今だって、、、当然の如くに、、、。
「中本貢君って、昔からこんなに、強引な所あったっけ、、、。」
と、呟いて、、、。
その中本貢君に逢う前なら、取り止めが効く、彼女自身の恋の道について、、、。
アナログ的に、態《わざ》と戸惑って見せて、、、。
ただし、その反面では、、、。
余りにも不器用過ぎた、今までの彼女の恋愛史に、終止符も打ちたいし、、、。
けれども、再会の場所が、彼の自宅マンションだなんて、、、。

ちょっと、強引過ぎて、、、。

いざその場になると、、、。

「もしかして、この儘《まま》、帰った方が良いんじゃないの。」

と、心の中で、囁いて、、、。

恥ずかしさの余り、、、。

自問自答を、繰り返して、いたりしたのだった、、、。

4、

そう言う訳で、結局の所、結局の所、、、。

そう言う押し問答が、彼女の心の中で、取り止めもないくらいに、散々繰り広げられて、、、。

逆にだから、それ故に、、、。

彼女を開き直らせて行く部分も、何処かで出来て行ったのかも知れなかった、、、。

それだから、然るに、その為か、、、。

時間的な推移も、ある意味に於《お》いて、、、。

その場面で、非計算的な感じになりかけていたけれど、、、。

いざ、その癖、、、。

到頭、彼女が、中本貢君のマンションの前に到着してみると、、、。

意外と彼女は、心の中では、ウキウキとしている、自分自身の存在を否定出来ずに、、、。

けれども、しかし、その一方では、、、。

「結局の所、どうしょうかなー」

と、恥ずかしさの余り、トマトの様に赤面して、しっかりと立ってさえいられない自分の存在に気付くと、ちょっとこの後の判断が、全くつかなくなるジレンマに、取り立てて、襲われたりしているのであった、、、。

5、

但し、但し、、その一方では、、、。
それで、、、それで、、、。
それなのに、それなのに、、、。
その後の、島本綾香はと言うと、、、。
チャッカリとしている所は、これで、とてもチャッカリしていて、、、。
その目的の彼、中本貢君の棲むマンションはと言うと、、、。
意外や意外、、、。
現実的に、ある通りの並びの中に、ちゃんと、存在するものだから、、、。
遂に、その時が来たなと、、、。
思いっ切り、真っ赤な顔色をして、そこに立ち、、、。
要するに、もうこの際だから、恥ずかしさとか上品さとかを、、、。
半ば、サッカーボールの様に、蹴飛ばしてしまって、、、。
私には、こうするしか、神様が結局、恋愛を始めさせてはくれないだろうと、、、。
最終的には、腹を括《くく》り、、、。
「ここは、大阪だから、、、、行ってまえ！」
と、心で言い切る事にして、、、。
彼女は、彼女は、、、。
もうこうなったら、瞬間的に目を瞑《つむ》って、、、。
でも実際の所は、中本貢君が、中学の時から、最終的にどう成長したか、、、。
本当は、感動的に、感じるだろうなと思う自分と、、、。
それとは逆に、もしかして、失望までしてしまうかもと言う仮定説と、、、。
何だか結局、迷いがちに想像ばかりする自分に、実質的に呆れながら、、、。
結局は、彼のマンションの螺旋階段を、息も絶え絶えになりながら、、、。
ドキドキものにもなって、、、。
ガニ股にもなり、、、。
兎に角、富士山頂登山の様に、、、。
その部屋の在る四階に、猛然と上がって行ったのであった、、、。

6、

さて、ところで、ところで、話は変わるが、、、。
そんな一日でもある、初夏の日の、関西地方の空模様はと言うと、、、。
ずっと、晴れの日が続く中にあって、、、。
それらの輝きの日々?を演出する様に、その日も、、、。
少し、暑さに根負けしてそうに見え始めた、灼熱《しゃくねつ》気味の太陽が輝いている、
特にその中でも、格段に中心市街地に至っては明らかに、、、。
愛の風みたいな微風に、何とか助けられながら、、、。
例えば、彼女の今居る、大阪の主要駅の一つである、『梅田駅』に於《お》いても、、、。
勿論、沢山の線路の電車が、息を飲み込む様にして、大勢の人達を乗せて、
入線している訳であるが、、、。
その一角の一つ、、、。

彼女は、今、、、。

ここ、、、。

地下鉄の『谷町線』を、『東梅田駅』で、降りて、、、。

更に、その先、、、。

彼女が地下街の通路を通る姿は、激流する大河の流れの様であって、、、。

そして、彼女と言う存在は、更にそれが蛇行している様な、人波にも飲み込まれて行って、、、。

行き着く所、『阪神線』や、地下鉄『御堂筋線《みどうすじ》』の改札口の在る辺りの、一歩手前の靴屋さんの前を通り抜けると、、、。

何本か在る、太い柱をくるりと、廻る様にして、、、。

今彼女は、『阪急線』の改札口まで、押し出される様にやって来ていて、、、。

更に、更に、、、。

三十歳になっているのに、どう言う訳か、、、。

幸か不幸か、、、。

初心《うぶ》で、初心で、、、。

情けないくらい、刹那《せつな》に、、、。
彼女は、中本貢君に依って、大人の女性にされる予感が、強く働いていて、、、。
でも、でも、、、。
そうなったとしたら、、、。
「ありがとう」と、その後、言うだろうなと、、、。
そんな連想や空想を、散々繰り返しながら、、、。
ａｉｋｏのアルバムにも有った、その『阪急宝塚線』の『三国駅』で降りて、、、。
そして、彼女は、彼女は、、、。
無邪気な鳥の様に、羽ばたいた感じになりながら、、、。
自身の生まれ育った、この大阪の街で、彷徨《さまよ》い、、、。
まるで裸体になる、自分の姿を、、、。
一枚の絨毯の様に、感じ入って、、、。
青空に飛んで行く様に、幻想的に、、、。
彼女の、彼女の、人生そのものが、もう未知の領域に入る実感を感じ、、、。
最終的には、、、。

『谷町線』の終着駅である、『大日駅』近くに在る彼女のマンションの中は、、、。
もぬけの殻のようになって、、、。
結局彼女は故意に、もうこの先の事は、知らないとばかりに、、、。
よく考えたら、その中の全てを放置して来たのを、、、。
象徴的に、これ見よがしに、思い出していたのであった、、、。

第二章、　夢の鏡

1、

そんな感じで、、、。
行き着く所、、、。

シドロモドロになった島本綾香ではあったが、、、。

これら、一連の日々の始まりは、又、、、。

『夢の鏡』と言うものが、この世に有るならば、、、。

それを使って、振り返ってみると、、、。

事の始まりならぬものは、、、。

ある日の、思わぬ、一本の電話から、、、。

始まったと、言えたのだった、、、。

2、

つまり、つまり、、、。

「もしもし、、、。綾香。久しぶり。元気してる?私ねぇー、今度到頭、結婚する事になってね、、、。」

と、電話が有り、、、。

オヤ、、、誰からかと思ったら、、、。

綾香が昔、両親と同居していた頃、、、。

枚方《ひらかた》市に在ったN中学の同級生で、それ以来音信不通になっていた、根本早子からの、、、。

綾香に言わせれば、、、。

「またまた、焦るなー。」

と言う電話が、その発端だと、思い返せば、言い切れるのだった、、、。

3、

ところで、ところで、ところで、、、。

そんな島本綾香ではあったが、、、。

矢張り、そんな鏡で、自分自身と言うものを写し出して、、、。

更に更に、その内面を重視した全体感な過去の自分を、、、。

この場合、殊更《ことさら》に分析してみると、、、。
自分と言う人間の、実体事態については、、、。
何よりも先に、彼女自身、、、。
元々恋愛をしたがらないタイプではないと、第一勘考えられたが、、、。
その一方で、但し、但し、、、。
心の中では、きっときっと、怖がりではあるけれど、、、。
だが、言い方を変えれば、、、。
女の子によくありがちな、高い理想の持ち主でも、、、。
先《ま》ず以って、元来、ない筈であった、、、。
が、しかしである、、、。
そんな綾香が、この歳までM・i・s・sなのは、、、。
色々な要因が、複合していたからで、、、。
一言で言えば、人生パッとしないからであった、、、。
つまり、つまり、彼女は、、、。
『恋愛』と『結婚』を、どう結び付けたら良いか、彼女自身、暗中模索し続けていた来た訳で、、、。
極論的に言えば、、、。
『縁』に、恵まれなかった、、、。
と言うのが、一応考えられる、正しい言い方であるかも知れなかった、、、。

第三章、　瞬間の終わり

1、

それで、結局の所、そんな過去を持つ島本綾香では、あったのだけれど、、、。
ここで、彼女の昔と言うものを、、、。
もう少し、もう少し、掘り下げて、回想しておくと、、、。

彼女は、現役で大学に何とか受かった瞬間から、、、。

彼女の両親は、父親の仕事の関係で、二人揃って、海外に行く事になり、、、。

残された一人っ子の彼女は、、、。

枚方の三ＤＫの賃貸マンションには、金銭的には、棲《す》めなくなったものだから、、、。

どうせならと、梅田駅構内にも乗り入れている谷町線の、『大日駅』と言う所に、縁が有って、、、。

引っ越す事になったのであった、、、。

2、

そんな、今年で三十歳となる、島本綾香ではあったが、、、。

何故だか、彼女の恋愛史と言うものを考え合わせてみると、、、。

その根源は、どうも、、、。

中学時代の彼女の考え方迄、遡らなくてはならず、、、。
彼女は、実はその頃、何と、、、。
ファーストキスだけは、逸早くしたいなーと思っていた、、、。
つまり、そんな、ちょっと老成《ませ》たレディーで居たのであった、、、。

3、

それで、それでの話、、、。
そんな所謂《いわゆる》、思春期の真っ只中に居た、中学二年生当時の島本綾香は、、、。
実は、席が隣となり、、、。
とても恋愛を意識したのが、つまり、中本貢君だった訳で、、、。
その彼女にしたら、、、。
その時の、ハラハラドキドキした気持ちが、空回りした辺りから、、、。
トンと、そうした運を引き込めなくなったと言うか、、、。

「えぇー、もう、三十歳なのー。」

と言う年齢に、達してしまっていたのであった、、、。

第四章、　砂の風

1、

だが、しかしである、、、。

謂《い》わば、そんな、どちらかと言えば、殺伐《さつばつ》とした感じに見える、島本綾香の人生ではあったが、、、。

一方では、彼女には、、、。

『前が見えない』と、言う様な、、、。

何だか、言葉にして言い表すと、、、。
正しく、その様な、『特殊な時間』が、彼女自身に必要だと、、、。
体感で、自分自身、感じ入ってもいたのであった。

2、

そして、そして、そして、つまりは、そう、、、。
それは多分、如何《いか》なる世界であるのかと言うと、、、。
いつも、いつも、いつも、彼女は、、、。
とても、とても、とても、それを、不思議な世界に、感じて来たけれども、、、。
この所の感受性では、、、。
例えばそれは、『風が吹いている砂漠』の様な感じかと、、、。
年齢の推移と共に、、、。
彼女は、感じていたのであった、、、。

3、

それで、そう言う諸事情などが、積み重なって、、、。
結局、結局、結局の所、、、。
裏を返せば、彼女はよく、、、。
そんな心持ちの中で、、、。
その名の如く、前が見えなくなる様な、、、。
『幻想的な風』に、眼の前を煽られる瞬間が、多々有ったのであった、、、。

4、

その点については、又、、、。

氷を二個浮かべたアイスコーヒーを、、、。
甘酸っぱい食感で口に含んだりして、、、。
人生の重みを実感する、島本綾香ではあったが、、、。
それらの大半が、所謂、、、。
『セックス』と言う行為なのかと思え、ぼんやり見えて来て、、、。
彼女は、幾分ながら、頬を赤らめて、、、。
ストローで、残りのアイスコーヒーを、、、。
音を立てずに、飲み干して、、、。
フッと溜め息を、ついていたのであった、、、。

5、

それで、それでの話、、、。
そんな恥じらいもある島本綾香は、、、。

今正しく、現実の日々にも、立ち返っていて、、、。
その日の午後に、、、。
『ピンポン』と、中本貢君の部屋のベルを押した後、、、。
全く、それは、、、。
眼が痒《かゆ》くなる様な、、、。
つまり、『砂の風』の様な姿の奥に、、、。
不思議な魅力を持って、、、。
鉛筆を持って立っている、その彼、、、。
『中本貢君』が、居る事に、、、。
とても衝撃を、受けたのだけれど、、、。

6、

ただそうして、そうして、、、。

ある程度の時間が、経った後の事、、、。

中本君の描き出す、その『デッサン』は、、、。

又、彼女にとっては、、、。

更に『砂の風』の様な物音で、第二の彼女を作って行き、、、。

従って、彼女の心は、まるで、、、。

ミキサー車の様に、攪拌《かくはん》されても行って、、、。

7、

あっと言う間に、下描《したが》きは終了し、、、。

「さぁー、色を付けて行くよ。」

と、中本君は言ったので、、、。

島本綾香は、そのセリフについて、、、。

「うん。」

と、純心に、、、。
何もかもを忘れて、答えたのであった、、、。

第五章、便りの色

1、

そう言う訳も有り、、、。
彼女の『モデル』としての、時間がスタートして行く訳であるが、、、。
さて、ところで、、、。
些か話が、少し変わったりするが、、、。
その島本綾香の両親は、二人して、今現在は、モロッコに棲んでいた、、、。

そしてその、、、。

その両親が、言うには、、、。

「綾香ちゃん、元気かな?」

の後に、、、。

「あなたにとって、結婚って、どんなイメージなの?」

と、言う事だったので、彼女は両親に、、、。

「お相手は居ないけれど、例えばそれは、『最愛のデッサン』みたいものかな!」

と、手紙を送っておいたのだった、、、。

第六章、焦燥の雫《しずく》

1、

それで、それでなのだが、、、。

またまた話は、変わって、、、。

実を言うと、そんな両親にも、半分は真実で、半分は嘘で塗り固めた、その彼女の心の内部はと言うと、、、。

本当は、『焦燥の雫』で、熱が出るくらい、火照《ほて》っていたけれど、、、。

一方で彼女は、中本君が放つ、白銀色の生々しい精液を、半ば誇らしげに受け止めたくて、内心では、、、。

本当は、自分が誘われていながら、、、。

初夏の甘い罠に、二人で捕らわれてみたくって、本当の所は、、、。

つまり、二つの乳房の谷間には、真珠のネックレスの様な、一滴の汗が、、、。

所謂、彼女の究極のマゾヒズムとなって、逆に現れ、、、。

その後、それは、お腹の辺りの産毛《うぶげ》の影に隠れて、、、。

然るに、その一方では又、、、。

照れ臭そうにしている彼女を余所《よそ》に、中本貢君曰《いわ》く、、、。

「この辺りに、マクドナルドは無いんだ。それで、大きな駅なら十三《じゅうそう》が隣りに在るけれど、その正反対の庄内《しょうない》にもマックが在り、そこの方が近いから、そこまで、歩いて行こうか！」

と、息抜きに、彼は言うのであった、、、。

第七章、　食べ物の裏側

1、

結局、そう言う事で、、、。
だからと言う訳ではないが、、、。
ここで話を整理しておくと、、、。

島本綾香と中本貢君は、結局逢ったその瞬間から、肉体関係になる事は無く、、、。

でも普通に、恋人らしい感じで、滑り出す事が出来た、、、。

ただ、島本綾香としては、一つ心配な事が有って、、、。

それは、友達の友達の、また友達から、彼女のスマホの番号を訊《き》いたのだと言う、中学時代の親友たる根本早子が、、、。

何故彼女に、中本貢君の事を紹介し、、、。

焚《た》き付ける様に、、、。

寄りによって、彼女に絵のモデルをやらないかと、言って来たかという、、、。

具体的な理由を知らない事であった、、、。

2、

その点について、つまりは、つまり、結局の所、、、。

話は些か、遠回りな感じになるが、、、。

島本綾香本人の日常生活の事について、ここで語っておくと、、、。

彼女は主に、年配者と言える、何人かの人達の、、、。

身の回りの世話をする、『ホームヘルパー』をしており、、、。

そして更に、その会社の事務所の方はと言うと、、、。

梅田から、なかもず方面に、、、。

つまり、『御堂筋線』に乗って行った心斎橋《しんさいばし》の、東急ハンズの近くの、、、。

駅ビルみたいな所に、在るのだけれど、、、。

そこへは、滅多に行く事はなくて、、、。

大体が、直行直帰の形を取っていて、、、。

彼女は、ある面では、、、。

普通のＯＬさんの様に、会社や組織みたいなものに、束縛はされていない感じがする反面、、、。

彼女は、このまんまじゃきっと、実りのない人生になるのではないかと、、、。

実は思っていたから、、、。

だから彼女は、本当は、、、。本当に、、、。
昔の親友だった、根本早子を通じ、、、。
事もあろうに、、、。中学時代の、キスしたい夢を復活させ、、、。
つまりは、つまり、、、。
その『中本貢君』に、、、。
変な話だけど、、、。
絵のモデルになってくれないかと、頼まれた時、、、。
彼女はある種、中本貢君が彼女を、孤独と言う泥濘《ぬかるみ》から拾い上げてくれる、、、。
そんな、そんな、『食べ物の裏側に居る王子様』の様にも感じて、、、。
そう、彼はマックのバリューセットを、食べているけれど、、、。
久々の通り雨が、外の路面を叩き出していて、、、。
彼女は、可愛い二十日鼠《はつかねずみ》の様に、、、。
中本貢君の哀愁の中に、隠れたくなって、、、。
「私のポテトも、中本君、食べて。」
と、言って、、、。

島本綾香は、セックスする事なく、、、。
中本貢君のフェロモンを、、、。
髪で隠された彼女の首筋の辺りに、噴射して貰って、、、。
まるで全部が、メルヘンチックな絵の様な、ひと時となり、、、。
更にそれを、視界の色々な壁面に、掛けて来たのであった、、、。

第八章、　幸せの記念日

1、

そんな芸術の愛へ導かれる島本綾香であったが、、、。
そんな経緯も有り、、、。

究極的な所、、、。
ある種、彼女の止めどない、眼の前に揺らめく、恥ずかしい性欲は、、、。
行き着く所、、、。何と、些か現実的なものとなって、、、。
彼女と中本君は、マクドナルドを出ると、、、。
蝉時雨《せみしぐれ》の中、、、。
半ば、彼女から誘発する様にして、、、。
手と手を繋ぎ、、、。
少し寄り添ったり、したりしたのであった、、、
何故なら、それは、、、。
つまりは、つまり、、、。
その、少しは気楽に、気を許しあう様になった、心ひとつのこの二人は、、、。
雨上がりで、宝石の様に干からびている、百七十六号線を、、、。
三国駅の方向に、歩いて行くと、、、。
左手の遠い空の向こうには、、、。
薄っすらとした虹が、架かっていて、、、。

そこの手前には、、、。

彼のマンションが、有るから、、、。

「虹よ、消えないで。」と、島本綾香は、思ったのだった、、、。

2、

但し、但し、そんな雰囲気の中で、、、。

彼女は、彼女は、実を言うと、、、。

とても、唐突的に、、、。

「僕、実は、ずっと、君が好きだったんだ、、、。」

と、中本貢君に告白されたのだった、、、。

第九章、　キャンバスの選択

1、

そう言う訳で、結局、、、。
そんな彼女は、彼女は、、、。
可愛い、中本君の彼女に、、、。
なれれば良いなと、思いながら、、、。
彼のマンションに、、、。
その後、帰ってみると、、、。
突然に彼が、
「一度、ゆっくりと、僕達の絵を、純粋に見てみて！」
と、言うので、、、。
試しに、そうしてみると、、、。

そう言えば、余り凝視してみてなかった、彼女の肖像画が、、、。
とても、繊細なタッチであるけれど、、、。
如何《いか》にも大胆で、、、。
実際の彼女よりは、五歳ぐらい若い感じで、キャンバスに描かれて見える事に、、、。
彼女は、なんとなく救われて、感じられるのだった、、、。

2、

と、言うのも、、、。
それは、それは、何故なら、、、。
多分、多分、、、。
これは、彼女の想像かも、知れないけれど、、、。
その絵の、意味する所としては、、、。

彼女は、彼にとって、単なるモデルとしての、存在ではなく、、、。

恐らく、彼女は、、、。

この中本君と言う、ダンディーな、『絵描き』と言うよりは、『役者』な異性に依って、、、。

生まれた儘の姿に、黐《やが》てされ、非処女にされる予告を宣言される、聞き手の様な被写体であるので、、、。

彼女は、一体、、、。

キャンバスの中でと、言うよりは、、、。

『ベット』の中で、、、。

どう愛されるのか、、、？

彼女は、つまり、、、。

『前戯』と言う、『セクシーなペイント』に、入る前、、、。

彼に、

「好きだったんだ。今でも、好きだ。」

と、言われ、、、。

中腰の姿勢の儘、、、。

『もう離さない』とばかりに、『唇』も、奪われたので、、、。

だったので、彼女は、、、。

三十年間の不幸と言えば不幸が、一気に、幸福色のセミダブルカラーに、変わり、、、。

その一方で彼は、髪を手櫛《てぐし》で直すと、

「この絵は、二科展に出す積り、、、。君は、太陽みたいな人だから、そんな色を中心に、色付けしていくね。」

と、思い出に残るように、言ったのだった、、、。

そして、、、そして、、、。

第十章、海辺のバス

1、

そんな彼女と、ロマンチストだとも言える中本貢君とが、、、。
ある二人の休日に、、、。
絵を描く作業を、途中にして、、、。
大阪を脱出したのは、、、。
夏も、大分本格的になって来た、、、。
一年を折り返す、そんな頃になってからの事であった、、、。

2、

「ねぇー、中本君。何故、そんなに福井に来たかったの?」

「それは、ねぇー。君を、幻みたいな海の輝きの中で、見詰めたかったからかなー。」

「そうなんだ。相変わらず、気障《きざ》ね。」

3、

つまり、つまり、、、。
ここで彼女が、中本君の言いたかった事を、要約しておくと、、、。
彼の描く、被写体たる彼女は、『太陽の様な色』をしているらしいが、、、。
その色の感じが、、、。
東尋坊《とうじんぼう》を始めとする、越前海岸の、『日の光』に似ているらしく、、、。
島本綾香の黄金《おうごん》色の肌は、、、。
彼の絵画的な、エロチズムに依って、、、。
微妙に、厭世化《えんせいか》させられ、、、。
そして、、、。

彼女は、その確認行為の名目で、、、。
その街に在った、ある旅館にて、、、。
浴衣《ゆかた》の帯を、剝ぎ取られる事になって、、、
彼女は、彼女は、遂に、、、。
彼の眼前で、、、。
真っ白な、敷き布団の上に、、、。
まるで、観音様の様に、寝かし付けられたのであった、、、。

第十一章、コインの印

1、

そんな、そんな感じで、、、。
『来るべき時が来た』と、思えた時間、、、。
島本綾香は、その後に於いて、、、。
当然の事ながら、、、。
事態の進展を待った、、、。
と、言うよりは、、、。
彼女にとって、、、。
到頭、男性と、一対になる日が、、、。
訪れたのだと、、、。
大体、解釈的に思った、、、。

2、

だから、それ故に彼女は、、、。

その時ばかりは、、、。
少々気恥ずかしさが、顔を出してはいたが、、、。
例えば、手の爪の、付け根の辺り部分から、、、。
しっとりと、、、。
ぬるま湯の様な汗が、湧き出す様に、染《し》み出して、出て来ていて、、、。
従って、、、。
彼女の身体《からだ》も、ほんのりと、火照り、、、。
吐く息の中に、、、。
エクスタシーの エネルギーの、根源の様な、、、。
フェロモンパワーみたいなものが、、、。
緊張感と、油断の中から、、、。
滲み出していたのだった、、、。

3、

そんな状況の中、けれども、けれども、、、。
矢張り、中本貢君は、『真なる芸術家』であった、、、。
と、言うのも、彼は、ある優しさから、、、。
彼女の片方の、足首の辺りに、、、。
折れ曲がった、掛け布団の一部を乗せ、、、。
自分は、ズボンのお尻のポケットから、財布を取り出すと、、、。
一枚の、百円玉を取り出し、、、。
然るに、蛍光灯の光と、レースのカーテンの隙間から滲んで来る、、、。
『越前の陽の調和』を、見逃さず、、、。
百円玉に乱反射する、レモン色の光線と、、、。
溜め息混じりに、肉感的に、山吹色にざわめく、彼女の肌の表面積を、、、。
まるで、芸術的に、包丁でさばく様に、混ぜて絡《から》ませ、、、。
彼女を極論、精神的なオーガニズムに導くと、、、。
彼は、

「これで、描ける。君と言うものを、、、。」

と、、、。

戦い終えた戦士の様に、、、。

感想的に、言ったのだった、、、。

第十二章、海鳥の泪《なみだ》

1、

そうして、、、。

そして、そして、遂に、、、。

そんな旅行も、到頭、終わりとなり、、、。

島本綾香にとって、それは、、、。
想像していた以上に、メモリアルな、芸術的セックスであったと、、、。
ある意味に於いては、感慨深く、思っていた、、、。

2、

但し、但し、そんな彼女達二人は、、、。
その様な馴れ合い関係に、お互いが、なり得る迄に、、、。
もっと、どうすれば双方に信じ合え、、、。
しかも、美しい真の芸術を作り上げながら、、、。
実は彼女は、双方の性的目的を、、、。
なるべくならば、達成も出来ないか、、、。
ある種の、そうした狙いを、、、。
心の内に、持っていなかったかと、訊かれれば、、、。

恐らくは、何か言い出したいくらい、有っただろう、、、。

3、

つまり、つまり、、、。
その辺りのことに関して、、、。
ちょっと詳細に、言うとすると、、、。
島本綾香は、この『私の肖像画』を描く事に関して、、、。
元来ならば、もっとスムーズに、しかもスピーディーに、、、。
通過も、出来た筈なのに、、、。
彼女は、良く考えたら、、、。
彼が事実上、彼女の体内に入り込むと言う、、、。
本当は、最も重大な作業に関しては、、、。
何らかの、眼に見えない壁を感じ、、、。

彼女は、黙っていたけれど、、、。
彼にはまだ、薄っすらと誰だか、、、。
他に好きな人が居て、、、。
中本君は、帰りの列車から、、、。
『海鳥の数羽』が、見えた時、、、。
その鳥が何だか、泪を流しながら、鳴いている様に、、、。
彼は、貰い泣きしそうになっているのが、分かったので、、、。
島本綾香は彼を、ある駅で途中下車させ、、、。
彼女の胸の中で、、、。
「訳を言わないで、泣いていいよ。」
と、言ったのだった、、、。

第十三章、秋の夜長

1、

つまりは、だから、、、。
そう言う訳があって、、、。
そんな島本綾香達の、、、。
言ってみると、哀しい『二人ぼっち』は、、、。
彼女を彼の、所謂、『育ての母』にさせて行った、、、。

2、

従って、だから、だから、、、。
これ以後は、至極《しごく》具体的な話になるけれど、、、。

要するに、彼女は、結局の所、、、。
まず、大阪に帰った、その日から、結局、、、。
ホームヘルパーを、している都合上、、、。
仕事でも、私生活でも、、、。
二十四時間、休み無く、不眠不休な感じで、、、。
彼女の彼と、一応言えれるようになった中本貢君の、、、。
未《いま》だこれからの、絵描《えか》きらしい、、、。
サラリーマン生活との、混在した私生活の、、、。
特別、彼女的な部分を含む、、、。
寂しくならない援助も、しなければならず、、、。
具体的に、言えば、それは、、、。
女手でなければ、出来ぬ様な、繊細且つ家庭的な、炊事と洗濯と掃除と、、、。
しかも、それは、、、。
そう、単純な事では、なくて、、、。
夜の方は、特に、、、。

強い事一つ言えば、尚更萎縮していく性機能を、、、。
火星でも、植物を生育させれるくらい、小まめに、、、。
あるいは、、、若し、そこに、、、。
古代植物が生育しているのであれば、、、。
枯らさぬ様に、枯らさぬ様にと、愛情深く、、、。
例えば、彼女の愛の全てを尽くした、『行為力』によって、、、。
しかも、彼の絵の才能を、、、。
スパルタ的な、性表現力で、手懐《てなず》け、、、。
彼女は、一心不乱に、中本貢君を、、、。
子供の様な、大人の男性にする為に、、、。
秋の夜長を、とても彩《いろど》り豊かに、演出した積りであったのだった、、、。

3、

そんな、そんな、ある夜の事、、、。
彼女の肖像画が、最早完成しようとする夜が、、、。
それから以後、、何とか有って、、、。
その夜に於いて、つまり、、、。
全く駄目だった彼の性機能は、、、。
無くならない、月の引力の様に、、、。
これは、偶然かも知れないが、、、。
釣り竿《ざお》の、しなりの如く、、、。
それは、勢い良く、這い上がって来て、、、。
上から押さえ付けている、彼女の子宮を、、、。
伸び上がる様に、突き上げ、、、。
彼は、、、。
「もう駄目だ。この儘だと、赤ちゃんが、出来てしまう。」
と、言うので、、、。
島本綾香は、そんな彼を、宥《なだ》めさせ、、、。

「あなたの欲しいものは、まず何？」

と、訊いて、、、。

彼は、、、。

「幸せ。」

と、答えたので、、、。

彼女は、彼の本当の母の様に、、、。

彼女の身体を、力を込めて、絞り、、、。

「その気持ちで、私が傍に居ると思って、あの絵に、最後の色を塗って、、、。」

と、労《ねぎら》う様に、言ったのだった、、、。

第十四章、彼の夢

1、

そして、そして、、、。
彼女達二人は、結局、、、。
それからの日々を、、、。
プリズム的な光の中で、、、。
例えば、絵でも学んだ、人工的な、陽の紋様と言うものを、、、
日常的な、『幸福論』と言う、芸術論的な三次元空間の中に、探し求め、、、。
度重なる性行為の中で、、、。
写真では、写し得れない、、、。
例えば、『悦楽』や『杞憂《きゆう》』や『回想』などを、、、。
未来と言う、時間の表面に、貼り合わせ、、、。
彼女は実は、愛する彼と、、、。
色々な角度から、一対になる為に、、、。
あらゆる色彩を、彼女の生活圏に、取り込む、、、。

いつか見た、虹の様な心になっているのを、感じたのであった、、、。

2、

つまり、つまり、、、。
それは例えば、何かに例えるなら、、、。
彼女は、どちらかが、トマトであったり、、、。
どちらかが、レタスである場合、、、。
人間なんて、精々生きている限り、孤独では居られないから、、、。
彼女は、新鮮なサラダになって、、、。
その後、現実に顔を出し、、、。
芸術と言う憂《うれ》いから、逃れようと、、、。
逆に、『芸術』を、繰り返して、、、。
何だか、そう言う意味では、、、。

彼、つまり、、、。
彼女は彼の事を、『中本君』と呼ばなくなっていて、、、。
そんな、名無しの彼は、、、。
アメーバーの様な、生命体であり、、、。
彼女は彼を、優しさで包みながら、、、。
彼の夢を現実にするべく、、、。
又、彼女自身も、アメーバーに成りたいのだと、分かって、、、。
だから、だから、従って要するに、、、。
これが概して、無色に見えるけど、、、。
『色彩』、、、。
所謂、『セックス』であり、、、。
彼女達は、意識の中で、『液体』となり、、、。
その願望は、夢と言う気体にもなって、、、。
空気中に、放射されるのであり、、、。
芸術は又、そう言う意味では、『二酸化炭素』であり、、、。

彼女はそれによって、光合成する、シダ類に似た植物である、、、。
けれども、それではないが、、、。
それを根源とした様な、、、。
つまり、オオバコの様な精神力を、、、。
そんなセックスで、繰り返している様に、、、。
彼女には、思えたりしたのだった、、、。

第十五章、心の夜明け

1、

結局の所、、、。

つまり、その様な論理は、、、。
島本綾香達二人を、『恋人』と言う関係から、一つランクアップさせて、、、。
安定した陸地に、生活する事を可能とさせた、、、。
そんな、アウストラロピテクスの様に、、、。
猟銃と採取の毎日に、、、。
彼女達二人を、駆り立て始めた、、、。
但し、そんな時は、、、。
『芸術』は、『日の出』の様なもので、、、。
彼女は、それに見守られながら、、、。
『一日』を、過ごしたく、なって行った、、、。

第十六章、映画館の温もり

1、

そして、彼女と、そのパートナーである中本貢氏とは、又、、、。

そう言う訳で、、、。

事実上、同棲生活を、始めるに当たり、、、。

あの絵を結局、それから一年後の二科展に、出品する事に決めたりもして行った、、、。

2、

それと又、、、。

彼女達は、子供に恵まれなくて、、、。

その分、その疑問符の様な毎日の繰り返しが、、、。

例えば、映画館に頻繁《ひんぱん》に足を運ぶ事によって、、、。
これからの時代が、どの様に温もって行くか、、、。
遠くから、眺める事で、、、。
心や身体を、温めて、、、。
生活したり、していたのであった、、、。

第十七章、成熟の輝き

1、

そして又、、、。
その甲斐有ってか、、、。

そんな日々の、ある日曜日、、、。
彼女達は、思わぬ発想に、辿《たど》り着いていて、、、。
つまり、時間を掛けて作ったカレーライスを、、、。
時間を掛けながら、味わい深く、堪能する様に、、、。
見詰め合いながら、口にしていた時、、、。
中本貢君の芸術性は、爆発的に、開花した様になり、、、。
彼を一皮剝けた男性に、駆り立てて、、、。
即ち、彼は彼女を、、、。
二人で寝ている、ベットの元に、、、。
その儘、両腕で抱きかかえる様にして、運んで行くと、、、。
彼女を裸にし、、、。
抱く事なく、、、。
その体勢で、デッサンし始めたのだった、、、。

2、

それで、結局、結局の所、、、。
すると彼女は、彼女は、実際は、、、。
カレーのルーの付いた、、、。
しかし、キャンバス上では、、、。
唇のちょっと分厚いマダムの様に、描かれ出し、、、。
彼女はその絵に、、、。
「最愛のデッサンと、名付けて頂戴。」
と、改めて、要求したくらい、、、。
それは、力作と言える名作に、なって行こうと、していたのであった、、、。

第十八章、向日葵《ひまわり》の祝日

1、

そして、その後の事について、、、。
島本綾香と中本貢が、具体的にいつ、婚姻したかは、、、。
敢えて、言わないけれど、、、。
彼女は、彼の太陽から卒業し、、、。
彼の『向日葵』になろうと、、、。
彼女は、見知らぬ高価な理髪店に、、、。
彼を連れて訪れ、、、。
少し短めの、奥さんカットに、して貰い、、、。

2、

又、彼女のお腹の中には、、、。
既に、新しい命が宿っていて、、、。
その『向日葵の祝日』の日に、、、。
彼女達二人は、『光の国』と言うタイトル名をした、、、。
例の絵を中心にした、個展を、、、。
彼女達の棲む、、、。
『三国』（みくに）と言う、、、。
福井県にも在る、、、。
同じ名の街で、開く事になり、、、。
この二人は、光の加減を、、、。
今は、『三国駅』に因《ちな》んで、『三』の段階に合わせ、、、。
海や陸から、そうした、哲学を学び、、、。

3

そうして、彼女達は、その個展で、成功を収めると、、、。
次は、梅田の百貨店で、、、。
それをやる時には、、、。
家族三人で、どんな絵になるのだろうか、、、？
色々な想像を、思い浮かべて、、、。
楽しんでいた、、、。

4、

但し、彼女達二人は、、、、。
ある日の個展の帰りに、、、。
あるお客さんから、ブランド物の、黒いサングラスを、、、。

プレゼントとして、貰い、、、。
そして、島本綾香は又、、、。
あの絵の被写体が、、、。
彼女である事を、カモフラージュする為に、、、。
言うまでも無く、お化粧を、厚くして、、、。
街を歩いていたのであった、、、。

5、

それは、又、更に、、、。
彼女の、新たな、モデルデビューとしての一日をも、意味し、、、。
島本綾香は、マンションに帰り、、、。
そのサングラスを外すと、、、。
彼女は、とても、『光のデザイン』の、新たな形をした、人体実験物となっており、、、。
彼女は、幸せに生きているんだなぁーと言う、実感の元に、、、。
彼女の身体は、最愛の、最愛の、『最愛のデッサン』物として、、、。
考えれも知れない『色彩』を帯びていたので、、、。
彼女はそれに、、、。
『家庭』と言う、色ではなかなか言い表せない、、、。
けれども矢張り、、、。
光の色には属する芸術的な色を想像して、、、。
彼女の夫の中本貢に、遠い所から、投げキッスをしていた、、、。
そして、その色は、紅から、、、。
例えば、言い表すとしたら、、、。
橙色の色合いに、変化して行った時に、、、。
娘を交えた、『家庭』と言う、、、。
幸せな色の芸術へと、趣を変え、、、。
『家庭の文学』となって、、、。

島本綾香の手によって、、、。
それが、愈《いよいよ》原稿用紙に、綴られて行った、、、。
そして、その原作は、誰にでも可能であるべき筈の、、、。
光輝くべきものとなっていた、、、。

〈了〉

《筆者紹介》

林田　純（はやしだじゅん）

当企画統括責任者

富山県出身

専修大学文学部国文学科中退

二〇〇七年、『二十一世紀の愛（ずっとつづく愛）』で、小説家デビュー。

代表作に、『さようならと言わないで』がある。

当作品は、各小説家の方々が合作本発表後に、個人単行本化する際の中編小説の具体例を、意欲的に書き下ろして示した、メルヘンチックな作品となっている。

時の回廊

暁月　達哉

俺は土砂降りの中、傘も差さずにずぶ濡れのまま宛もなく歩いていた。時折、すれ違う人が気の毒そうな顔をして俺を見る。

雨水をたらふく含んだコートが鎧のように重い。それでも、ただ歩いていた――。

三日前の午前中、会社で受けた電話。

――奏と彩海が事故で死んだ。

四年前に結婚した妻の奏《かなで》と、三歳になったばかりの娘の彩海《あやみ》。

俺の宝だった。命そのものだったのに……。

あれから丸二年、死に場所を求めるように街の中を彷徨っていた。

歩くのに疲れ果て、通り沿いのビルに背中を預けて座り込む。

目の前を通り過ぎる人が気味悪そうに俺を横目で見る。

「大丈夫？」と声をかけてくれる老婆もいたが、何も応えず雨に打たれて俯いたままだった。

「ここだったか……」一人のみすぼらしい身なりをした老人が声を掛けてきた。

俺はその老人―どこかで見たことがあるような―顔を見た。

「こんな所でへたり込んでないで、俺と一緒に来い」その老人が俺の腕を強い力でぐっと引っ張る。

「やめてください……」

「大事な話がある。とにかく俺と一緒に来るんだ」

「離してください。俺は何処にも……何もしたくない。放っといてくれ」

「お前の奥さんと娘は……そう、三日前に事故で死んだ。そうだろ？」

「どうしてそれを……？」

「二人を救いたくはないか？」

「え？　奏と彩海は死んだんです。救うなど……」

「それが出来ると言ったら……、どうする？」

その言葉を聞いて俺は思った。

—悪魔に魂を売って奏と彩海が生き返るのなら好きなだけくれてやる。


老人と共にやって来た場所は、五十年前に起きたガス爆発がきっかけで、それ以降何故か放置され、立入禁止になっていた街外れにある公営住宅の大きな給水塔の中だった。

そこは周りが打ちっぱなしのコンクリートで囲まれた少し大きめな空間で、給水塔の管理区域のようだった。

「ここは？」

「この場所の事はどうでもいい。それよりこれだ」

そう言われて俺が目にしたものは、直径二メートル程の銀色の球体。

老人がその球体に近づき掌を押し当てると扉が開き、中にシートが見えた。

その周りは何もなく球体の外側と同じ銀色の壁で一面が覆われている。

「これは何ですか？」

「これはいわゆるタイムマシンってやつだ」

「タイムマシン？　そんな非現実的な」

「いいから中に入って座れ。そして自分が行きたい時間を言え。そうすればその時間に跳べる」

目の前の老人が嘘を言っている様には見えない。それにもしこれが爆発しても一向に構わなかった。寧ろ死んでこの絶望から解放されるのなら嬉しいとさえ思った。

「判りました」

球体の中に入ってシートに腰掛ける。すると扉が締まり、周りの壁に周囲の風景が映し出され、老人と無機質なコンクリート壁が見える。

「俺の声が聞こえるだろう。さ、その中でお前が最も戻りたい過去の時間を西暦で言うんだ。そうすれば、その時間のこの場所へ転送される」

—これで過去に行ける？

「判りました。えっと、二〇二〇年一月二十四日の、午前……九時へ行ってくれ」

「確認します。二〇二十年一月二十四日午前九時にジャンプします。宜しいですか？」

タイムマシンが音声で応える。

「あぁ、頼む」

「了解しました」

次の瞬間、目の前が真っ白になり体中に重い負荷が掛かる――。


――気がつくと、先程の場所と何も変わらない給水塔の管理区画に居た。しかし、老人はいないようだった。

俺が立ち上がろうと椅子から腰を浮かせると、自動で扉が開き、球体の内側はまた無機質な銀色の壁に戻った。

恐る恐る球体から出て、辺りを見回すが特に変なところはなく、スマホを取り出して見ると、日時は二〇二十年一月二十四日午前九時三分だった。


――本当に過去に来たのか？

慌てて奏の携帯に電話を掛ける。

「もしもし。あれ、永遠《とわ》くん、どうしたの？ 忘れ物？」

奏の声がする。俺はもうそれだけで涙が止まらなくなる。

「あ、いや……。そうじゃないんだけど……」

「なにー？ どうしたの？ 泣いてるの？ なにかあったの？」

「い、いや。奏、今日の予定は？」

「え？ 今日？ 今日は、これから彩海と買い物行くけど。どうして？」

「あ、いや。えっと、今から帰るから、何処にも行かないで家で待っててくれ」

「なに？ どうしたの？ どこか具合でも悪いの？」

「ん……。とにかく今から帰るから、待ってて」

俺は電話を切り急いで自宅に向かった。

事故当日—妻と娘が買い物に出掛けた際、自宅があるマンションを出た所で、運転操作をミスした老人の車に轢かれたのが午前十一過ぎだった。その時間に二人の安全を確保すれば、死なずに済むはずだ。

俺は焦る気持ちを必死で抑えて自宅があるマンションまで戻ってきた。

時計を見る—今は、十時五十五分。これなら間に合う。

マンションは交通量の多い大通りに面していた。自宅とは反対の車線でタクシーを降りた俺は少し離れた横断歩道で信号が変わるのを待っていた。


—キュキュキュキューーッーガシャーン！


突然車の急ブレーキが掛かる音がして、その後、何かと激しくぶつかるような衝撃音がした。

ハッとして音がした方を見た俺は、次の瞬間、気が狂ったように喚きながらそこに向かって駆けた。

「おい、奏！　おい！　しっかりしろ！　奏！」

「永遠く……ん。ごめん……ね。彩海が、パパを迎えにいくって……」

そこで事切れた。

彩海も、数メートル先で血溜まりの中でうつ伏せのまま動かなくなっていた。

「うぅぅわぁァァァァァ！」

俺の全ての思いは絶叫となって、噴出した。

事故の原因は、通りを走行中の車が何故か歩道に乗り上げ走り続けた事のようだった。

車は建物の壁に激突して停まっていた。

奏をそっと横たえて彩海の傍へ行き、血まみれの愛娘を抱きかかえて再び妻の元へ戻り、二人の手を繋いだ。

俺は衝突したまま停まっている車の運転席に近づき、ドアを開けると、中には開いたエアバッグに顔を押し付けたままじっとしている老人が一人。

その胸ぐらを掴んで車外に引きずり出し、ドンと車に押し付ける。

「あわわわわ……」

老人は目と口を大きく開けたままで何が起きたのか判らないといった風だ。

俺は老人の顔面を力の限り殴りつけてから言った。

「オイじじぃ、免許証出せ！」

老人は相変わらず目と口は開いたまま、弄るようにして自分の上着のポケットから財布を取り出し、その中から免許証を抜き出す。それを奪うと、もう一発殴りつけ、その場を逃げるように離れた。

妻と娘の血で染まったコート脱ぎ捨て、俺は再びあの給水塔へ向かった。

「笘篠政治《とましのせいじ》……。東京都大田……」

免許証を見て住所を確認する――今度はあの老人を止める。そうすればあの爺さんも奏も彩海も、誰も傷つかなくて済む……。

給水塔へ戻ってきた俺は、最初に会った老人を探したが見当たらない。

勝手にタイムマシンを使って良いものかと逡巡したが、妻と娘を助けるためだと思い、老人がやっていた様に球体の外郭に手を押し当ててみた。果たして予想通りに扉が開き、俺はタイムマシンに乗り込んで、行き先を伝えた。

「二〇二〇年一月二十三日午後十時に行ってくれ」

──事故が起きる前日の夜に笘篠の家へ行って、車を動かせなくしてやる。

免許証の住所へ来てみると、笘篠の家は立派な一軒家だった。駐車スペースには格子状のシャッターが降りていたが、中の車は確認できる。

「あの車が……。くそっ……」

明日、奏と彩海を轢き殺す凶器が目の前に平然とあることに怒りを覚えた。

駐車スペースを注意深く見ると、シャッターの上の部分には監視カメラが設置されている。

──ここであの車を派手に壊せないか。

事故が起きていない現時点で、俺がやろうとしている事は唯の不法侵入と器物破損行為だ。

「どうすれば……」

何かの方法を求めてふらふらと最寄りの駅へ向かう。

駅に近付くとパチンコ店のうるさい音が離れていても聞こえてきて耳障りだったが、そこでふと閃く。

ずだ。
——パチンコ玉を使って車のフロントガラスを割れば、明日は走れなくなるはずだ。

俺は店内に入りパチンコ玉を手に入れたが、これを飛ばすものがなかった。

周囲を見渡すと、近くに派手な看板を掲げ、店内放送を大音量で流している雑貨店があった。何か無いかと期待して店内に入ると、御誂え向きの丁度いいものがあった。

スリングショット——昔の言い方をすればゴムパチンコだ。これを使ってパチンコ玉を撃ち出せば、車のフロントガラスなら割ることが出来るはずだ——。

時刻は一月二十四日の午前零時過ぎ。

俺はスリングショットの狙いを絞って、車に向かってパチンコ玉を撃ち込むと、重いその銀玉はまんまと命中した。が、威力が弱いのかフロントガラスを割ることが出来ない。

「くそっ」

何発も撃っていると、その音で気づかれて警察に通報でもされたら厄介だ。最後の一発と思い、力いっぱいゴムを引っ張ってパチンコ玉を撃ち出すと、ビシッっと音がして、フロントガラスに大きなヒビを入れることに成功した。

—もう一発撃ち込めば割れるな。

そう思った時、駐車スペースの灯りが点いた。

—しまった。気づかれたか。でも、あれで運転は出来ないだろう。

俺はフロントガラスに大きなヒビを入れる事には成功したため、逃げるようにその場を離れた。


その後、俺はまたタイムマシンがある給水塔へ戻ってきた。

家に帰ろうかと考えたが、あの老人と話がしたかった。しかし、老人は見当たらない。

俺は疲れ果てていて、家に電話を掛け「今日は泊まりで仕事になる」とまだ生きている奏に連絡をして、その場で泥のように深い眠りに落ちた……。

突然鳴りだした携帯の着信音で起こされる。

「三杉永遠《みすぎとわ》さんの携帯ですか？　こちらは成城警察署です」

――警察？　もしかして車の件がバレたのか？

「はい、そうですが」

「お伝えにくいのですが……本日午前十一時ころ、三杉さんの自宅のマンション前で奥さんと娘さんが事故に遭われ――」

「ええ！　ど、どうしてですか？」

「加害者と思われる男性が、割れたフロントガラスの修理のために車を走らせていた際、前方がよく見えず事故を起こしてしまったとの事です」

「そ、そんな」

――俺のせい……。

もう一度タイムマシンに乗り込み、事故が起きた当日へ行くことにした。俺が奏と彩海を家の中に引き留めておけば、あの時間に二人は外に出ない。

あの嫌な身体に掛かる重圧がなくなり、タイムマシンから降りて時間を確認する。

「なんだ、この時間？」

スマホの時間表示がバグっていて今が何年の何月何日なのか判らない。

俺は給水塔を飛び出すと、そこには大きなガス爆発事故が起きて数ヶ月ほどの、まだ綺麗な状態の公営住宅があった。

「どういうことだ」

足元に落ちていた新聞を手に取り日付を見てみると一九七〇年の元旦を祝う内容だった。

「一九七〇年だと……。そんな馬鹿な」

俺は一旦戻ってタイムマシンに乗り込み、再び事故当日に跳ぶように指示をする。

するとー
「現在このタイムマシンは機能異常を起こしています。部品の交換をしてください。必要な部品を提示します。まず……」

タイムマシンが次々と読み上げる部品は特に変わったものはなく、簡単に手に入りそうなものばかりだったが、聞き慣れないものがあった。

「今言った部品って何だ？」とタイムマシンに尋ねる。

「その部品は二〇一九年二月、大阪府にあるマシタニ工業が発明する部品で……」

「え？　ちょっとまて。現在は一九七〇年だろ？」

「そうです」

「二〇一九年って今から五十年後だぞ」

「そうです」

「それまでどうするんだ？」

「修理完了しないと時間跳躍はできません」

「何だって？　じゃ、五十年待たないといけないのか？」

「修理完了しないのであれば、そうなります」

「五十年もどうやって？」

「コールドスリープを実行すれば、生命維持装置が機能するため安全に五十年眠ったままで過ごせます。ただし現時点の性能では身体の成長は止められないため、現在の年齢に五十年加えた状態で目覚めることになります」

五十年待たないと部品が手に入らない以上他に選択肢はなかった。俺は不完全なコールドスリープをすることにした。

奏と彩海が無事ならそれでいいー。

そうして俺は眠りについた。


次に目覚めた時、俺は欠けていた部品をやっとの思いで手に入れ、タイムマシンを起動すると、問題なく作動した。

しかし、俺はすっかり年を取っていて見た目はただの老人になっていた。

もうこの手で妻と娘は救えないと諦めかけた時……。


「そうだ、この時代なら……」

そう思い立って外に飛び出し、土砂降りの中街を歩き回って、漸くビルにもたれ掛かって座り込んでいる一人の男を見つけた。

そして俺は彼に近づいて話しかけた。
「ここだったか……」

『完』

《筆者紹介》

暁月達哉

暁月です。今回この企画を始めるに当たって私に声を掛けていただき、ありがとうございました。この短編集に掲載させて頂いたのはタイムループものですが、如何でしたか。決められた字数の中で、話を纏めるのに苦労しましたが、面白かったと感じてもらえれば嬉しいです。他の私の作品は検索してもらえれば見つかりますので、よろしければ別の作品も読んでもらえればと思います。再びになりますが、この短編集を編纂するに際し、私に参加を依頼して頂いた、林田企画及び松井氏に感謝します。ありがとうございました。

《林田企画からのお知らせ》

当企画では、これからの時代や文学に、新しい息吹を吹き込みたい方の、意欲ある小説を、大募集しています。

詳しい内容は、フェイスブックかツイッターの『松井忠弘』まで、アクセスして下さい。

宜しくお願い致しますね。（電話可）

林田企画代表　松井忠弘

誰でも小説家になれる本シリーズ 第一弾

2020年9月30日　第1刷発行
監　修　松井忠弘　林田企画代表（林田純）
〒570-0091　大阪府守口市北斗町1－6ハイツ北斗402号
直通電話 090－9766－3822（24時間受付）
発　売　株式会社　星　雲　社
〒112-0005　東京都文京区水道1－3－30
電話 03（3868）3270　FAX 03（3868）6588
印　刷　京 成 社
発　行　〒101-0052　東京都千代田区神田小川町3－26
電話 03（3294）0301　FAX 03（3292）8389

ISBN 978-4-434-28060-3 C0093